[灼华诗丛]

泽平 著

上湾笔记

陕西新华出版
太白文艺出版社·西安

图书在版编目（CIP）数据

上湾笔记 / 马泽平著. -- 西安：太白文艺出版社，2022.3（2023.6重印）
（灼华诗丛）
ISBN 978-7-5513-2100-6

Ⅰ.①上… Ⅱ.①马… Ⅲ.①诗集－中国－当代 Ⅳ.①I227

中国版本图书馆CIP数据核字(2022)第037484号

上湾笔记
SHANGWAN BIJI

作　　者	马泽平
责任编辑	蔡晶晶
封面设计	郑江迪
版式设计	建明文化
出版发行	太白文艺出版社
经　　销	新华书店
印　　刷	三河市同力彩印有限公司
开　　本	889mm×1194mm　1/32
字　　数	88千字
印　　张	6.5
版　　次	2022年3月第1版
印　　次	2023年6月第2次印刷
书　　号	ISBN 978-7-5513-2100-6
定　　价	45.00元

版权所有　翻印必究
如有印装质量问题，可寄出版社印制部调换
联系电话：029-81206800
出版社地址：西安市曲江新区登高路1388号（邮编：710061）
营销中心电话：029-87277748　029-87217872

诗人给了世界新的开始

——"灼华诗丛"八位诗人读记

◎霍俊明

由"灼华"一词,人们可能首先想到的是《诗经》中的那首诗,想到四季轮回的初始和人生美妙的时光。太白文艺出版社"灼华诗丛"的编选目的和标准都很明确,即入选的诗人大抵处于精力旺盛的阶段且写作已经显现个人风格或局部特征。平心而论,我更为看重的是当代诗人的精神肖像,"持续地/毫无保留地写/塑造并完成/我在这个世界中的独立形象"(马泽平:《我为什么要选择写诗》)。对于马泽平、杨碧薇、麦豆、熊曼、康雪、林珊、李壮和高璨这八位诗人而言,他们的话语方式甚至生活态度都有着极其明显的差异,但总是那些具有"精神肖像"和"精神重力"的话语方式更能让我会心。正如谢默斯·希尼所直陈的那样:"我写诗/是为了看清自己,使黑暗发出回声。"(《个人的诗泉》)由此生发出来的诗歌就具有了精神剖析和自我指示的功能,这再一次显现了诗人对自我肖像以及时间渊薮的剖析、审视能力。自觉的写作者总会一次次回到这个最初的问题——为何写作？我一直相信，真正的写作会带动或打开更多的可能性，而诗人给了世界新的开始。这样的诗歌发声方式更类似于精神和生命意义上的"托付"，恰如谢默斯·希尼所说的，使"普通事物的味道变得新鲜"。

几年前读露易丝·格丽克的诗的时候，给我印象最深的一句是"总是太多，然后又太少"。诗人面对当下境遇和终极问题说话，并不是说得越多越好，相比而言说话的方式和效力更为重要。由此，真正被诗神选中和眷顾的永远都不可能是多数。

马泽平的诗让我们看到了频繁转换的生活空间和行走景观，当然还有他的脐带式的记忆根据地"上湾"。在米歇尔·福柯看来，20世纪是一个空间的时代，而随着空间转向以及"地方性知识"的逐渐弱化，在世界性的命题面前人们不得不将目光越来越多地投注到"环境""地域"和"空间"之上……

我这样理解关于一个地名的隐秘史
它有苍茫的一面：春分之后的黄沙总会漫过南坡
坟地
也有悲悯的一面：
接纳富贵，也不拒绝贫穷，它使乌鸦和喜鹊
同时在一棵白杨的最高处栖身

这几句出自马泽平的《上湾笔记》。"上湾"作为精神空间和现实空间的融合体，再一次使诗歌回到了空间状态。这里既有日常景观、城市景观、自然景观以及地方景观，又有一个观察者特有的取景框和观看方式。诗歌空间中的马泽平大抵是宽容和悲悯的，是不急不缓而又暗藏时间利器的。他总是在人世和时间的河流中留下那些已然磨亮的芒刺。它们并不针对这个外部的世界，而是指向精神渊薮和语言处境。就马泽平的语调和词语容量来说，我又看到了一个人的阅读史，他也时时怀着与诗人和哲学家"对话"和"致敬"的冲动。这再次印证了诗歌是需要真正意义上的命运伙伴和灵魂知己的，"一个人和另一个人／有了同样的生辰"（《一个和另一个》）。

杨碧薇出生于滇东北昭通，但是因为城市生活经验的缘故，她的诗反倒与一般意义上的"昭通诗群"和"云南诗人"有所区别，也与很多云南诗人的山地经验和乡村视角区别开来。这一区别的产生与其经验、性格、异想方式乃至诗歌和艺术趣味都密切关联。杨碧薇是一个在现实生活版图中流动性比较强的人，这种流动性也对应于她不同空间的写作。从云南到广西，到海南，再到北京，这种液体式的流动和开放状态对于诗歌写作而言是有益的。"一枚琥珀在我们的行李箱里闪亮，宛若初生。"（《立春》）与此相应，杨碧薇的每一首诗都注明了极其明确的写作地点和时间，是日记、行迹和本事的结合体。读杨碧薇的诗，最深的体会是，她好像是一个一直在生活和诗歌中行走而难以停顿的人,是时刻准备"去火星旅行"的人。杨碧薇的诗有谣曲、说唱和轻摇滚的属性,大胆、果断、逆行,也有难得的自省能力。无论是在价值判断上还是在诗歌技术层面,她都能够做到"亦庄亦谐"。"诗与真"要求诗歌具备可信度,即诗歌必然是从骨缝中挤压出来的。这种"真"不只是关乎真诚和真知,还必然涵括一个诗人的贪嗔痴等世俗杂念。质言之,诗人应该捍卫的是诗歌的"提问方式",即诗歌应该能够容留"不纯""不雅"与"不洁",从而具备异质包容力和精神反刍力。与此同时,对那些在诗歌中具有精神洁癖的人,我一直持怀疑的态度,因为可读性绝对离不开可信性。杨碧薇敢于撕裂世相,也敢于自剖内视,而后者则更为不易。这是不彻底的诗和不纯粹的诗,平心而论,我更喜欢杨碧薇诗歌中的那份"不洁"和"杂质",喜欢这种颗粒般的阻塞感和生命质感,因为它们并未经过刻意的打磨、修饰和上蜡的过程。

麦豆是80后诗人中我较早阅读的一位,那时他还在陕西商洛教书。麦豆诗歌的形制自觉感越来越突出,这也是一个诗人逐渐成熟的标志之一。麦豆的诗中闪着一个个碎片的亚光,这些碎片通过瞬间、物象、人物、经验,甚至超验的形式得以产生不同的精神质素。这是一个个恍惚而真切的时间碎片、生命样本、现实切片以及存在内核。与命运和时间、世相命题融合在一起的碎片更能够牵引我的视线,这是跨越了表象栅栏之后的空地,也表示世界以问题的形式重新开始。在追问、叩访、回溯和冥想中那些逝去之物和不可见之物重新找到了它们的影像或替身，它们再次通过词语的形式来到现场。比如："去河边散步／运气好时／会碰上一位像父亲的清洁工／划着船／在河面上捕捞垃圾／而不是鱼虾／／运气再好些／会遇见一只疾飞的翠鸟／记忆中／至少已有十年／没有见到身披蓝绿羽毛的翠鸟／仿佛一个熟悉的词／在字典里／突然被看见／／但近来运气每况愈下／平静的河面上／除去风／什么也没有／早晨的雾气消散得很快／父亲与翠鸟／被时光／永远拦在了一条河流的上游。"(《河流上游》)这些诗看起来是轻逸的，但是又具有小小的精神重力。"轻逸"风格的形成既来自一个诗人的世界观，又来自语言的重力、摩擦力、推进力所构成的话语策略，二者构成了米歇尔·福柯层面的"词与物"有效共振，以及卡尔维诺的"轻逸"和"重力"型的彼此校正。"世世代代的文学中可以说都存在着两种相互对立的倾向：一种倾向要把语言变成一种没有重量的东西，像云彩一样飘浮于各种东西之上，或者说像细微的尘埃，像磁场中向外辐射的磁力线；另一种倾向则要赋予语言以重量和厚度，使之与各种事物、物体或感觉一样具体。"(卡尔维诺：《美国讲稿》)它们是一个个细小的切口，是日常的所见、所闻、所感，是一个个与己有关又触类旁通的碎片，是日常情境和精神写实的互访与秘响。这些诗的沉思质地却一次次被擦亮。

认识熊曼转眼也好多年了。那时她还在武汉一个公园里的独栋小楼里当编辑,参加活动与人见面交流的时候几乎没有超过两句话。记得有一年我去扬州参加活动,熊曼在吃午饭的时候到了饭店,拉着一个不大不小的行李箱。我饭后下楼的时候,总觉得一个女孩子提着行李箱会让男人有些不自在,于是我帮她提着行李箱下楼,然后又一路拉回酒店。那时扬州正值春天,但那时的扬州已经不是唐宋时期的扬州。过度消耗的春天仍有杀伐之心,诗人必须有强大的心理准备,当然还必须具备当量足够的词语场,也许对于每一个诗人来说夜晚都是形而上的。"每天清晨我都要打开窗户",对于熊曼而言这既是日常的时刻,又是认知自我和精神辨认的时刻。诗人总是需要一个位置来看待日常中的我与精神世界的复杂而多变的关系。围绕着我们的可见之物更多的是感受和常识的部分,而不可见之物则继续承担了诗歌中的疑问和终极命题,"但我知道世界不仅仅 / 由看得见的事物构成 / 还有那看不见的 / 因此每天清晨我都要打开窗户 / 让那看不见的事物进来 / 环绕着我 // 仿佛这样才能安心 / 仿佛我是在等待着什么"(《无题》)。它们需要诗人的视线随之抬升或下降,也得以在此过程中认知个体存在的永远的局限和障碍,比如焦虑、孤独、恐惧、生死,"雨像一道栅栏 / 禁锢了我们向外部世界迈出的双足"(《初夏》)。在熊曼的诗中我们也常常遇到精神自我与日常家庭生活和社会景观叠加的各种镜像在一个人身上重组的过程,这是另一种社会教育,是不可避免的重复谈论的话题。任何一个写作者都会在诗中设置实有或虚拟的"深谈"对象，这是补偿甚至是救赎。情感、经验甚至超验体现在诗歌中实际上并无高下之别，关键在于它们传达的方式以及可能性，在于它们是否能够再次撬动或触发我们精神世界中的那些开关按钮。

康雪更为关注的是习焉不察的日常细节和场景所携带的特殊的精神信息。这些精神信息与其个体的感受、想象是时时生长在一起的。这是剪除了表象枝蔓之后的一种自然、原生、精简而又直取核心的话语方式。康雪的诗让我想到了"如其所是"和"如是我闻"。"如其所是"印证了"事物都完全建立在自己的形状上"（谢默斯·希尼），是目击的物体系及其本来面目，其更多诉诸视觉观瞻、襟怀，以及因人而异、因时而别的取景框。"如是我闻"则强化的是主体性的精神自审和现象学还原，是对话、辨认或自我盘诘之中的精神生活和知性载力。"最后一次在云南泸沽湖边的／小村子／看到一株向日葵，开出了／七八朵花／每一朵都有不同的表情／／这是一种让我望尘莫及的能力／我从来没法，让一个孤零零的肉体／看起来很热闹。"（《特异功能》）确实，康雪的写作更接近"捕露者"的动作和内在动因。"在刚过去的清晨，我跪在地上／渴望再一次通过露珠／与另外的世界／取得联系／我想倾听到什么？"（《捕露者》）如露如电，如梦幻泡影。如此易逝的、脆弱的、短暂的时刻，只有在精敏而易感的诗人那里才能重新找回记忆的相框，而这一相框又以外物凝视和自我剖析的方式展现出来。康

7

雪的诗中一直闪着斑驳的光影，有的事物在难得的光照中，更多的事物则在阴影里。这既是近乎残酷的时间法则，又是同样残酷的世相本身。"太阳对于穷人多么重要／在屋顶，我们能得到的更多／／并不会有很多这样的日子／可以什么都不做／一直坐在光照耀的地方——／／有三只羊在吃灌木上的叶子／我的女儿趴在栏杆边看得入迷／她后脑勺上的头发闪着光。"（《晴天在屋顶避难的人》）

　　林珊的诗歌不乏情感的自白和心理剖析的冲动，这代表了个体的不甘或白日梦般的愿景。而我更为看重的是那些更带有不可知的命运感和略带虚无的诗作，它们如同命运的芒刺或闪电本身的旁敲侧击，犹如永远不可能探问清楚而又令人恐慌和惊颤的精神渊薮。"父亲，空山寂寂，我是唯一／在黄昏的雨中／走向深山的人／为了遇见更多的雨，我走进更多的／漫无尽头的雨中／沿途的风声漫过来／啾啾的鸟鸣落下来／现在，拾级而上的天空，倾斜，浮动／枯黄的松针颤抖，翻转，坠入草丛／雾霭茫茫啊／万千雨水在易逝的寂静中破裂，聚集。"（《家书：雨中重访梅子山》）"父亲"代表的并不单是家族谱系的命运牵连，而是精神对话所需要的命运伙伴，就如林珊《最好的秋天》中反复现身的"鲁米先生"一样，他一次次让对方产生似真似幻而又无法破解的谜题，诚如无边无际的迷茫雨阵和寒冷中微微颤抖的事物。"雨"和"父亲"交织在一起让我想到的必然是当年博尔赫斯创作的《雨》，二者体现出互文的质素。"突然间黄昏变得明亮／因为此刻正有细雨在落下／或曾经落下／下雨无疑是在过去发生的一件事／／谁听见雨落下／谁就回想起那个时候幸福的命运／向他呈现了一朵叫作玫瑰的花／和它奇妙的鲜红的色彩／／这蒙住了窗玻璃的细雨／必将在被遗弃的郊外／在某个不复存在的庭院里洗亮／／架上的黑葡萄潮湿的暮色／带给我一个声音我渴望的声音／我的父亲回来了他没有死去。"这是迷津的一次次重临,诗歌再一次以疑问的方式面对时间和整个世界幽深的纹理和沟壑。猝然降临又倏忽永逝是时间的法则,也是命运的真相,而最终只能由诗人和词语一起来担当渐渐压下来的负荷。

我和李壮曾经是同事,日常相熟,他的评论和即兴发言都让人刮目相看,他一直在写诗我也是心知肚明。李壮还爱踢足球,但是因为我没有亲历,所以对他的球技倒是更为好奇。诗歌从来都不是"绝对真理",而是类似于语言和精神的"结石",它们于日常情境中撕开了一个时间的裂口,里面瞬息迸发出来的记忆和感受粒子硌疼了我们。在词语世界,我看到了一个严肃的李壮,纠结的李壮,无厘头的、戏谑的李壮,以及失眠、略带疲倦和偶尔分裂的李壮。"这个叫李壮的人／全裸着站在镜子里／我好像从来不曾认识过他。"(《这个叫李壮的人》)每一个人都是一个星球,也是一座孤岛。李壮的诗歌视界带来的是一个又一个或大或小、或具体或虚化的线头、空间和场所,它们印证了一个人的空间经验是如此碎片化而又转瞬即逝。这个时代的人们及其经验越来越相似而趋于同质化，诗歌则成为维护自我、差异的最后领地或飞地，这也是匆促、游荡、茫然的现代性面孔的心理舒缓和补偿机制。尤其当这一空间视野被放置在迷乱而莫名的社会景观当中的时候，诗人更容易被庞然大物所形成的幻觉遮蔽视线，这正需要诗人去拨开现实的雾障。速度史取代了以往固态的记忆史，而现实空间也正变得越来越魔幻和不可思议。在加速度运行的整体时间面前，诗人必须时刻留意身后以及周边的事物，如此他的精神视野才不致被加速度法强行割裂。凝视的时刻被彻底打破了，登高望远的传统已终止，代之而起的是一个个无比碎裂而又怪诞的时刻。《李壮坐在混凝土桥塔顶上》通过一个特殊的观察位置为我们揭开了一个无比戏剧化的城市密闭空间和怪异的具有巨大稀释效果的现代性景观。"古人沉淀于江底的声音在极短一瞬／被车流松开了离合／一只猫的梦里闪过马赛克花屏／／也必然是在这样的时刻，李壮／会坐到未完工的混凝土桥塔顶上／坐到断绝的水上和无梯的空中／／会朝我笑着打出一个响指／隔着39楼酒店房间的全密闭玻璃／我仍确信我听到了。"如果诗人对自我以及外物丧失了凝视的耐心，那么一切都将是模糊的、匆促的碎片和马赛克，一个诗人的精神襟怀和能见度也就根本无从谈及。所以，诗人的辨识能力和存疑精神尤为关键，这也就是里尔克所说的"球形经验"。"羞耻得像雪，就只应该降临在夜里／第二天当我推开门／已不能分辨其中任何一片被称作雪的事物／我

只能分辨这人世被盖住的／和盖不住的部分。因此雪也是没有的。"（《没有雪》）

　　高璨的诗，这是我第一次集中阅读。她的诗中一直有"梦幻"的成分，比如"月亮""星星""星空""梦"反复出现于她的诗中。但是更引起我注意的是那些通过物象和场景能够将精神视线予以抬升或下沉的部分，比如《河流的尽头》《静物》这样的诗。它们印证了诗人的凝视能力和微观视野，类似于"须弥纳于芥子"般的坛城或戴维·乔治·哈斯凯尔的"看不见的森林"，这也验证了"词与物"的生成和有效的前提。器物性和时间以及命运如此复杂地绕结在一起。器物即历史，细节即象征，物象即过程。这让我想到的是1935年海德格尔在《艺术作品的本源》中对凡·高笔下农鞋的现象学还原。这是存在意识之下时间和记忆对物的凝视，这是精神能动的时刻，是生命和终极之物在器具上的呈现、还原和复活。"从鞋具磨损的内部那黑洞洞的敞口中，凝聚着劳动步履的艰辛。这硬邦邦、沉甸甸的破旧农鞋里，聚积着那寒风陡峭中迈动在一望无际的永远单调的田垄上的步履的坚韧和滞缓。鞋皮上沾着湿润而肥沃的泥土。暮色降临，这双鞋在田野小径上踽踽而行。在这鞋具里，回响着大地无声的召唤，显示着大地对成熟谷物的宁静馈赠，表征着大地在冬闲的荒芜田野里朦胧的冬眠。这器具浸透着对面包的稳靠性的无怨无艾的焦虑，以及那战胜了贫困的无言的喜悦，隐含着分娩阵痛时的哆嗦、死亡逼近时的战栗。这器具属于大地，它在农妇的世界里得到保存。正是由于这种保存的归属关系，器具本身才得以出现而得以自持。"当诗歌指向了终极之物和象征场景的时候，人与世界的关系就带有了时间性和象征性，"物"已不再是日常的物象，而是心象和终极问题的对应，具有了超时间的本质。"在今天，飞机和电话固然是与我们最切近的物了，但当我们意指终极之物时，我们却在想完全不同的东西。终极之物，那是死亡和审判。总的说来，物这个词语在这里是任何全然不是虚无的东西。根据这个意义，艺术作品也是一种物，只要它是某种存在者的话。"（海德格尔：《艺术作品的本源》）

粗略地说了说我对这八位诗人粗疏的阅读印象，实际上我们对诗歌往往怀有苛刻而又宽容的矛盾态度。任何人所看到的世界都是有限的，而对不可见之物以及视而不见的类似于"房间中的大象"的庞然大物予以精神透视，这体现的正是诗人的精神能见度和求真意志。

在行文即将结束的时候，我想到其中一位诗人所说的：

你决定停止
早就是这样：你看清的越来越多
写下的，越来越少

2021 年 5 月于北京

目录

第一辑　六里桥以北

003	晨雨中突然想到
005	阳台上的铁轨
007	物语系列之野菊
008	一个和另一个
010	六行
011	静物
012	写给飞白的十四行
013	献诗
014	六里桥以北
016	无所寄
017	味道
018	飞机

020	孤枕
021	所见
022	支点
023	难题
025	黎园
026	过巴山
027	我的身体
028	我们曾经读过这样一首诗
030	烹茄子记
031	在朝天门码头

第二辑　河流

035	序曲
036	愿景
037	夜宿杨森君先生书斋
038	伐木工与林场
039	神谕
040	河流
041	桃园
042	北极星

043	总有一孔之明，使我和世界相通
044	两种孤独
046	梧桐畈，献给荷塘里那些闪烁如星的名字
047	我独享过无数个寂静时刻
048	虞姬
049	约等于
050	我为什么要选择写诗
051	我只是想要表达一种新鲜的体验
052	杰作
053	醒之一种
054	搭配问题
056	空一个题目留给你来写
057	便笺
058	在我还很年轻的时候
059	一只白瓷碟子
061	一个人在梦里
063	壁炉
064	生物钟
065	餐桌上的牛顿
066	北京夜雨

067 | 一只无意义的碗或者杯子

第三辑　上湾笔记

071 | 符号关系学
072 | 良夜
073 | 一个人的叙事史
074 | 我常常想拥有这样一座教堂
075 | 关于孤独
076 | 火车
077 | 上湾笔记
078 | 小雪之后
079 | 在东影南路意林店等一个女人
080 | 诀别信
081 | 锯木头的人
082 | 有寄
083 | 葡萄和钻石
085 | 梦境
087 | 落日
088 | 在我们中间
089 | 蓝宝石之歌

091	回溯
093	雪事
094	贺兰山晨雾
095	尾声

第四辑　那些被物主选中的人

099	札记
100	诗人的王冠
101	偶题
102	关系问题
103	雨水有很多回落入你的眼睛里
104	式微
105	在镇北堡
106	牵风引
107	绝句
108	想起一个喜欢登山的女人
109	那些被物主选中的人
110	暮春
111	梦境之一种
113	物哀辞

114	供词
115	随想录之一种
116	可能性问题
118	读蒙古马记
119	过西拉沐沦河遭遇一匹蒙古马
120	雪日归记
122	山居读王维有寄
123	一首悲伤的诗
124	阅读到这首诗的时候你会想到什么
125	我们名字的意义
127	三月读信
128	物格
130	一个人
131	白房子，黄房子
133	一个诗人的墓志铭
134	在二月
135	清单
136	写给一个好人的悼念词
137	那时
138	午后
139	一个男人的日常琐事

141	二十年以后我们再来北京看雪
142	赞歌
143	雨中再访栖霞山
144	每一次日落都值得我们记录
145	"而快乐和忧伤时我创造你们"
147	我为什么不想死了

第五辑　独白或者其他

151	暮冬
152	什么都不新鲜了
154	独白或者其他
155	鱼肚白
156	大雪日想起一棵白杨
157	相对论
158	傍晚的西拉沐沦河
159	我还拥有什么
160	在山脚下
161	当我想你的时候
162	雨中
163	逐日

164	北京时间
165	夜色中的河流
166	葡萄园
167	只有大海值得我们想象
168	寄友
169	你应该思考的几个问题
170	雨后
171	馕的哲学
172	咏叹调
173	暮色中的花园
175	仿佩索阿写给丽迪娅
176	在希拉穆仁镇
177	在姚家滩头与诸友从导师游竹林
178	即景
179	喻一种美的解构式
180	关于一株黍的地理图册
181	另一种阐释
182	庄中听《故园旧梦》
183	春日山居图

第一辑

六里桥以北

晨雨中突然想到

我坐过的那把椅子还在
秋雨滴滴明亮
像困顿中突然醒来的巨兽
剥去椅面上那些已经
掉色的漆皮
又一点点啃噬结构
木头也有一颗琥珀之心
接受雨水雕琢,可能
也惊悚过
但现在乖极了
像等着丈夫抚慰的妻子
我坐过的那个位置
积满雨水,磨损过我尾骨的
也被自然力磨损
时间终究是公平的
借给我们多少
到某一天,就得还回去多少
我常常因此而倍感幸运

北京有很多园林

但没有一座是我熟悉的

阳台上的铁轨

——献给帕斯

当阳台上的雏菊又一次迎来曙光
我以为自己找到答案了
这些不规则的几何图形和斑斓的色彩
向秋风递出橄榄枝
我想象中的铁轨,就这样降临,一寸一寸地
揳入独居者的喉咙
它们穿过隧道,撑开死亡的巨型铁幕
使我有机会靠近你——太阳石
它们是无数只鸟同时创造的轰鸣
又一瓣瓣自然散开
并最终在你掌控的某个点交织
"寻找一个活的日期"[①]
现在,我将拥有和你一样的十月,一样的困惑
我独自居住在这里
轰鸣和撞击是我年迈的邻居
我是铁轨残破的部分
贪婪地索取雨水,食物和情诗
我把每一块领地都命名为

墨西哥城。我终身都在这里劳作
栽种一畦又一畦的雏菊
它们永不凋谢
像我第一次读到你,每一个字符都是楔子
我决定卸去沉重的肉体
卸掉耳朵和手指,卸掉爱的能力
心甘情愿地接受奴役
把所有的铁轨都通过阳台铺向你
我必须得尝试锻造一枚铁钉
以精血喂养锋芒
——除了下午五点钟的你
没有谁配得上闯入我的孤独领地

① 帕斯《太阳石》。

物语系列之野菊

造物安排给我的使命是爱你

像爱一束野菊

在暮秋,北京的街头,我和你一起等待

一种卡夫卡式的小说语言

我相信它会在雨水中

打开,呈椭圆形,向外围辐射

足够支撑我们从共同的命运中剥离

但我并不是你手中

最后一张牌

我的使命是像野菊一样,以纤细的花瓣

发出声音。我并不奢求你

读懂这似是而非的几句

我愿意再次被误解

我在这人世,每一天,诵读的每一行都是情诗

一个和另一个

一个人会不会在另一个人

走失的山路上旅行

提着同样的灯笼

也穿马靴

偶尔学三两回

布谷鸟鸣

一个人究竟会以多少种姿势

想念另一个人

当白雪就要

像月光一样覆盖山岗

和起伏的松林

涛声源自阅读

这古老典籍

记载过一个人越来越轻的

灵魂。那些细节

突然安静下来

像旅行,不可具体描述

在某日早晨

一个人和另一个人

有了同样的生辰

交织、重叠

像一对孤单的影子

隔着松林

与时光对峙

甚至从来都不需要

侵入彼此身体

没有什么会比内心的鸟鸣

更有意义

第一辑　六里桥以北

六行

困住我们的不是墙壁

而是墙壁上的时钟

造物者让我们能够分辨清楚

每种轻微的响动

我整夜都想要你,但困住我们的

也不是墙壁上的时钟

静物

在我们中间,隔着方格子桌布,白瓷花瓶
和平铺在桌面上的笔记本
这些暂时处于静止状态中的事物
还完整保留着
我们从彼此骨缝里取出来的药石味道
邻居在切土豆,也可能已炖好鱼,想象使人疲倦
在我们中间
方格子桌布有点像古老的欧式风格建筑
现在,我们需要一座船坞,需要灯塔
鸣笛突然响亮起来
这恰到好处,我们需要某种声音,再嘹亮几分
——我们需要某种载体摆渡

写给飞白的十四行

我利用一个上午的时间整理卧室
我得在天黑以前补充好
需要添置的物件
木质花架,棉芯被,以及几本地方志
我觉察到自己
还陷在早些时候酿就的旋涡中
多病的肉体像是暴风雨中抛在巨浪里的
一叶孤舟
夜还很漫长,我常常疑惑,我的朋友
你最先厌倦的是什么
我曾一个人
独坐深山,看夕阳掠过荞麦地,落向你的城市
我似乎在刹那间醒悟过
落日也和我们一样,有着欲言又止的悲伤

献诗

我在你的晨光和鸟鸣声里

辨认出生的痕迹

那些废墟,一再塌陷,如今已悄然逝去

但它提醒我成长

就是撇开疲惫,重新拐入林荫道

在漫长的雪季降临之前

我在那里犯过的错误

多想在这里,痛快地,再犯一遍

我不想再背负什么了

它们如此沉重

我想摘除坏脾气。余生只听一场雨。并把它

毫无保留地献给你

——我已经病了三十多年

在这浩渺尘世,我只能日复一日,等你医治

六里桥以北

六里桥以北是莲花池西

再往北就过公主坟，深入这座城市腹地

我听过汽车和火车日夜鸣笛

那么多楼层、窗户、卧室

没有一个使我感到熟悉

只有日暮，才会给我安慰

辽阔的私人领域

紧紧地封闭

像电影中的慢镜头

一个人生，也一个人死

像小说里的托马斯医生

在这里，他从不曾留宿，任何一个女人

葱郁过的如今已是故事

这些汉语词汇始终穷尽不了

有或者无的意义

在六里桥以北

我轻轻地念出过自己的名字

音节如颤动着的火焰

它们时刻提醒我

另一种生活，还得继续

第一辑　六里桥以北

无所寄

一个人的时候,也渴望夜雨

渴望一点点光

紧贴没来得及擦拭的玻璃窗

甚至都不需要支点

就可以把整座城市的孤独撬起

我这些年已经失去过多少

而今只剩下些

整夜咬噬骨头的小虫子

等着你来

等着你命名,等着你养育

这样多好

甚至留言都显得多余

你必须得承认,最好的诗句,像松油灯

把迷途的我们引往归途

味道

我的房间里充满细密的香烟味道

它们需要入口

通往不可解的谜题,寻求更多种可能

上帝是我们造化的另一种存在

它们已经能够熟练地脱掉骨头

缩小,钻入台灯,衣领以及书架上的半本笔记

它们使人恍惚

似乎总在被捕捉以前,化为乌有

我已嗅了它们整整三天,这些混合过

热带雨林和咸湿海贝气息的

特殊味道。有时候会像刀片,轻轻切割

我短暂的独身生活

——无所不在,又无迹可寻

像蝴蝶振翅,一次次地,塑造我理想中的居所

飞机

只有在下午的时候,我才会

望向天空

看一架架飞机像鸟一样

从大兴或者南苑机场

载满我忧伤的同类

起飞

有些时候,它们从远处赶来

压低翅膀

擦着民居屋顶

去往降落地

巨大的轰鸣声会遮住所有声音

这时候

我的同类是它的一部分

一颗螺丝钉,一块玻璃,一个仪表盘

它们和暮秋的风一起呼啸

提醒我最美好的时光

就要被谁挥霍干净

而你爱着的那个人,还在头顶

飞。这感觉往往

难以言喻

造物者就是如此神奇

你看那道道痕迹

是飞机留给天空和观察者的

唯一语言形式

孤枕

我常常忽略它柔弱的部分
那些保留在枕芯里
的阳光和雨水
牵引我走向山坡
无边的荞麦地
似乎闭住眼睛就能够想象
撑破泥土的芽苗
如今以另一种形式
融入车流涌动的
孤独城市
它给予我需要的支点
放置颈椎。并再一次,驶入大海
领受风暴之于桅帆的命运
多么奇妙的纹路
——这些特拉克尔式的小小十字
我因此而暗自悲戚也心生欢愉
这糟糕的世界
只有它,又陪我度过,这完整的一夜

所见

下雨的时候,我想去看你
带着这一生的
错误和倦意
穿过林间的地铁站
空着双手
像过去那样
保留些许有过的冷漠
出现在你面前
我已经过了害怕的年纪
你关上又打开房门
也没有关系
赶了这几程夜路
只为和你相遇
现在,就让我们
听听雨水
替你隐瞒过的其他意思

支点

最揪心的哲学问题是：我抛弃了多少
又得到过什么
似乎过去只意味着难以捉摸的几天
一个敏感多疑的男人
在持续的秋雨中，完成全部蜕变，现在
每一滴精血都是崭新的
它们在苍茫和微渺之间选择独立
而我当然有理由叙述
日月，山河，园林，以及你和我
使人疑惑的已经成为过去
我还年轻，并不避讳流言，我要做的是在此刻
来到你们中间
我也是独立于你们中的那一个
热爱野花比文竹更多
当我热泪盈眶，我必须得因此承认
我是你们中的一个

难题

有些事情可以中途停下来

比如读一本小册子的

某个章节

有些事情一旦开始就只能继续

比如活着

多么漫长的过程

需要耗费毕生

走向重复的路径

需要从皮肤

脏器、头颅和牙齿

缓慢地衰老

松动

乃至枯竭

成为几株作物新生的养料

我们当然可以讨论意义

活着就是远行

事实上

我们并不能

真正拥有支配它的

神圣权利

但我们还得面对

无数次的停止或者继续

这是造物者

赐予我们的难题之一

黎园

椅面干净得不染一丝灰尘

落叶已经黄透

软软的,像地毯,从一条石凳

铺向另一条

阳光挤过几缕枯枝

均匀地洒在落叶和椅面上

安静极了

像是几千年来

一茬茬时代的更迭和交替

从不曾波及这里

像是展柜里的一幅静物图

一个贤淑女子

等待薄而脆的玻璃物件

突然跌落,发出轻微的响动

过巴山
——寄吴小虫

暮晚风起,江面就阔了几分
只有你递出的酒杯
还保留着余温
而我独守一方竹林月色
闲听那个人写过的巴山雨水
一滴滴敲打
蜿蜒绵亘的盘山公路
耳畔只有风声
吹送来短短长长的数十种鸟鸣
山幽难觅樵夫踪迹
沿阶而下,远处
就是香火鼎盛的缙云寺
我不礼佛
但也想听一听,内心汹涌的钟声

我的身体

我的身体里储满了铁锈和水垢
那些新鲜过的
樱桃、韭菜、面粉,在暴风雨中
沉寂
一层层挤压,形成另外的元素
但总有废弃的部分
承担起无用之用
像一首存在却并不被吟诵的诗
渐渐收敛光芒
向更幽深处熄灭
再也不能被肉眼发现
我的身体是地球上最贫瘠的矿藏
所有河流都在这里消失
只过滤,沉淀
把生活中必须的部分打磨成
琐碎物,现在,它们一点点隆起
变得坚硬
——这排解不了的水垢和铁锈

我们曾经读过这样一首诗

它只叙述到卷尺缓缓打开为止
没有人注意到
那些刻度已经不够精细
像我那缺了两颗门牙的女邻居
整夜酗酒,打牌,歇斯底里
但永远不能把握
语言密码所折射出的现实意义
而第三个人始终与别的不同
嘴里衔着海水泡过的半颗
石子。他是故事情节中唯一感人的部分,他试图
找到钥匙孔
徒劳无功并不代表有罪
我们已经陷入其中
数落着矮个子和胖头陀,究竟为什么,不在灯灭
以前
换好纯棉睡衣?
但它只延续到这里
卷尺像大海上漂浮的扁舟

还没撞到礁石,灯塔在远处亮着,帆刚刚扯起

我们维持着庸俗的快乐

扮演老虎、杠子和鸡

明天总是遥远

我们还没有意识到终结是新的开始

整夜酗酒,打牌,歇斯底里

直到我们在结尾处捕捉到蛛丝马迹

重新估量价值

——为我那缺了两颗门牙的女邻居

烹茄子记

飞白说，爆炒和油焖茄子的关键在于
掌握火候
在于沿着它物格表里的纹路
完成一次深入沟通
而我已经厌倦重新认识
即使将要尴尬地面对一道无味的油焖茄子
我常常失陷在这样的两难境地
变或者不变
逐渐成为囚笼或者牢狱
甚至是
藤草编织的一小截绳子
我不能把它想象成孤帆和大海的关系

在朝天门码头

最先悟透江面的人已经转身了

水流亘古不息

只有他和光线处于变量中

可能是一江渔火

也可能是，照耀过另一些生物的

半江月色

但现在，这些都不重要

他只是坐在椅子上

抽一支烟。江水突然就辽阔起来了

楼宇和码头退往更远处

几个小声谈话的人

身影隐入鸣笛中

江水是面无常的镜子

浪花催动轮渡，依依惜别最先转身的那个人

第二辑 | 河流

序曲

我只承认你为永恒不灭的火种

即使我对你的理解还不够

即使我把残骸和虫洞都当作你的恩赐

我也依然是你虔诚的信众

相信你拥有创造黑夜

创造白昼的力量

我有十二个月份用来阅读你

并相信：阅读和爱情一样

如果我已接近暮年

你依然持有生机

你使真理从谬论中割裂而出

给它金子般的光芒

你说——

人哪，摇篮是开始，坟墓是结束

愿景

我的欢愉,不是在十一月初九
听到你说:生日快乐
我期待的是——
某年某月某日,你经过我的墓地
捧一束野菊,告诉我
你很快乐

夜宿杨森君先生书斋

一间房舍,如果没有摆些闲书、金石
枯木,就显得空荡
如果没有爱物之人摩挲它们
使之显出纹路。甚至
窗户没有打开,没有迎进月光
睡在凉榻上的人也是静物
但现在,它们像游鱼入海
像是玫瑰,被少女攥在手心里
它们分别还原为西夏国流通的金币
交易马匹和粮食
还原为书家,挑灯,卷起衣袖,研墨
使汉字的筋骨透过纸背,还原为
城池、山林,以及历史
世间有一种奇迹:他久居这里
与它们互为成全者手中的法器

伐木工与林场

他需要一种手段来谋生。他需要酒、炭火
一支英雄牌钢笔。稿纸并非必需品
当木屑溅入眼睛,他将再也看不到林场里的积雪
积雪上印着梅花鹿留下来的蹄痕
他锯断的马尾松、皂角、异叶铁杉、金丝楠木
像那些被他随意丢弃的空酒瓶一样
已经完全被雪遮蔽
他时常在酒醒后思考林场最终的命运
如果伐木工在某个黄昏突然离去
带着他年轻的妻子
如果丛林中只剩下斑鸠,还有什么能够
使稿纸和伐木工之间脆弱的关系得以维系?
或许只有烧酒和劣质烟草了吧
当整个大地开始倾斜(开始和结束一样)

神谕

以你们中最好的回馈大地吧,它的确
使你们拥有了生的能力
像火一样生活,像水一样思考
如果这些还不能使你拥有铁的本质
请为困兽打开它们的笼子,请把赞歌献给大地
喂养的欢乐远远多过猎取

河流

至少在十月，北方的河流是寂静的
这造物者的悖逆之子
疮疤一样，一寸寸紧紧抓住大地干瘪的肉体
那些夏日里与暴雨共同喧嚣不息的
如今已沉淀下来
尽管枯枝仍绑缚没有完全退去腥味的泥土
至少在十月，世居于长河两岸
阿丹的子孙们，以镰刀备足冬粮
以斧头换取柴薪，以清水洁净心脏和头脑
静静地等待，等待雪花铺满疲倦的河床
婴儿的第一声啼哭，给了世界新的开始

桃园

古老的叙事往往始于蛇对女人的诱惑
甚至由此联想到马槽
以及预料之外的海上漂泊
　（同样源于古老的记载或者传承
那时节，雨水整整下了四十日）
如我们所熟知的那样
那个叙利亚诗人
在多年以后，并不希望鸽子飞回来
但这里是桃园，桃树在结果之前
总会先喂养苔藓和杂草
腐土也会在这里显现
蘑菇依附桃树的根部，向上生长
分享雨水和阳光
它并不偏爱哪一个，即使已被赋予更多
也依然保持朴素的本质

北极星

我有理由相信这一瞬间
闪烁在呼和浩特城市上空的北极星
与我在倒墩子看到过的那颗不同
它更明亮、尖锐
宰牲畜用的刀子一样
轻而易举地分筋剔骨,剖开这颗板结的心脏
它使人更清醒
草场与田畈不同,鸣笛与鸽哨不同,甚至是——
额娘与母亲的音色不同
我也有理由相信,我的无眠
与坐在船尾听了半夜钟声的那个人不同
"流水悯惜低处,难道也分物种?"
我的确分辨出,这一刻夜风遮蔽掉的空
有别于羊群归圈
落日馈赠给倒墩子,鸡犬入定的空
我至今仍痴迷的那寂静,似螺丝
似烟柱,坚忍,持有向上的力量与品质

总有一孔之明,使我和世界相通

北京下雪了,巴黎晴,纽约的天比圣地亚哥阴沉
世界地图上没有标注出来的
天气预报会补充完整
喧嚣的人世,总有一座车站,替远行的人
打开落满光束的大门

我在腊月出生,九月行成人礼,有过两次爱情
遇见过的和丢弃过的也有相似属性
关于年轻,我记住的是你给我鲜花和初吻
如果你阅读,请留意:我写出来的
是一种可能,我没写到过的是另一种

两种孤独

平罗下雨的时候

她一个人开车

从南宁去往浪琴湾

隔着车窗

她嗅到大海的气息

像平罗的雨水

藏着淡淡的鱼腥草味

辽阔的公路

安静极了

她踩了踩油门

车子像一匹

就要挣断缰绳的烈马

这时候,他恰好读到第 38 页

插图是雨中阁楼

藏香和竖琴

撩动他的心弦

他想,应该关好窗户

潮汐是不分国界的

他没有理由

听任这样一场雨

淋湿她

大海一样,激荡的孤独

第二辑　河流

梧桐畈，献给荷塘里那些闪烁如星的名字

我更愿意这样理解我们的关系
我们像是木匠和杉木
保持着斧头
墨斗和一把凿子的距离
我相信：需要经你之手，剔除旁逸的枝丫
剔除虫洞，拣晴日翻晒
我们才是檩条、飞檐和永远向着光明打开的窗牖
我相信这样一种可能
幼苗需要雨水滋润，需要斧头和墨斗
以使自己物尽其用
而在梧桐畈，荷塘遇见星辰，杉木遇见木匠
是造物者的恩赐
造物者赐予木匠矫正纰缪的力量
造物者也使杉木有了向上，追逐星辰的勇气

我独享过无数个寂静时刻

我以为它是透明的玻璃球

灼热已经熄灭

作为补偿,上苍给了它三种颜色

绿色是童年起伏的田野

鸽子和麻雀张开翅膀

飞呀飞,飞呀飞

蓝色是雨后天空

是走出大山的孩子,在天津港第一次见到

海风吹起的浪花

红色也是好看的,谁能否认?

这炽烈的生命之火

被包裹,被束缚,也还保持

燎原之势

即使遥远,我此刻使用的木器

咯吱作响——

木器也有前世

它需要读懂一颗舍利子的去踪与来历

虞姬

我要为你写一首曲子
题目待你来拟
这里有灯塔,落日,渔船
芒草就要及腰了
我已脱了木屐,在草场上弹琴
舞蹈。像是身边有我最亲爱的人
屋子是石头砌成的
潮声里有你喜欢的日光
偶尔也会有阴雨
触发我尚未痊愈的暗疾
我也曾遇到着白色衣裾的男子
面色蜡黄,有过的苦楚
他一概没提
我又为你缝了新衣
秋雨洗涤过的芒草作絮
袖口和领是纯棉织制
近日降温
记得闲时回来取

约等于

写过一首曲子,衰草漫向黄昏,只可惜你不来听

就约等于没意义

画过一牖窗户,云朵托住雨滴,遗憾不能寄给你

也约等于不存在

许多故事

就是这样猜不透结局

我去看你的白桦林

哦,我又在这里,离开你

北京城雨夜有些微凉意

我常会想起

如果不是那一个秋天

傍晚,长廊,和藤椅,还有美丽的姑娘

哦,世界的全部,约等于你

已经说不清楚是哪一回让我暗里着迷

我为什么要选择写诗

我能走的路只有眼前这一条
我可以爱的女人
也只有现在这一个
一条,一个
可能这世界上
没有谁会比我更贫穷的了
但我依然有
多过一的欢愉时刻
持续地
毫无保留地写
塑造并完成
我在这个世界中的独立形象

我只是想要表达一种新鲜的体验

这场雨还是下得太久了
过了临界点
雨水，也就变得干燥，失去内容
雨水像一个人
在对自己的思考中枯萎
即使它还拥有
具体形状，在某个节点，糅合男人的
腰刀、女人的橡皮泥
以及区别于雨水
匀速趋向腐朽中的每件什物
仿佛雨水本身只是伪命题
只在对死亡的想象中
接近完美，或者是，另一种意义上的
极其渺茫和细微的真实

杰作

先是擦掉一首诗的
开头和结尾
皱了皱眉
又减去中间部分的
几个字
但还不够
题目没必要保留
其他赘物也得掐掉
现在好了
我感觉舒服极了
空茫茫的
河流一样的白纸上
只剩下
斑斑点点的橡皮屑
弥漫着细碎的
阳光和浪花的味道

醒之一种

往往得活到中年以后
才慢慢惊觉
一个石匠最不可饶恕之处
是把猛兽不羁的魂灵
囚入石头里
凿它,磨它,用荆条
为它砌好藩篱
剔除它眼睛中的
麋鹿,兔子,雨林
和好天气

搭配问题

星期天下午,我想过画一把雨伞,用铅笔
画。在封面标有副刊字样的
牛皮纸笔记本上
对着窗棂描绘一把伞应该有的样式
伞骨和伞面应该安置在哪里?
傍晚的时候,我发现,阴影部分太多了
这些年积攒的米黄色不够填充
一颗脑袋和一张纸中间,近于无的空洞。画面脏
极了
乱糟糟的油污、发屑,和雨滴
结构起一幕雨中悲情剧的全部要素
夜深了,伞骨还原成雨滴,椭圆形的,沉重的
没有任何色彩。滚动的雨滴
洇湿纸背,缓慢地上升,就要穿透天花板
我曾经像困在车辙里的鱼
热诚地渴望过雨水
但现在,我只想画伞,剥离掉雨水的伞,拆掉伞
骨的伞

甚至——不需要伞面的伞

就这样向我打开

甚至沙漏都是多余的

我和一把伞的遗骸,在雨水中,终于和解

第二辑　河流

空一个题目留给你来写

坐在雨中读维特根斯坦
不一定是真的
坐在雨中,也不是
必须得读完维特根斯坦
其中的某个章节
雨水和维特根斯坦
只是假设
(也存在成立的可能性)
这是一个人的生活
需要雨水,食物,花朵
和陈旧的哲学
是一把闲置的雨伞
需要几朵涟漪
需要一双鞋子沉默地走过

便笺

你喜欢过的那些,朴素和简约,我藏起来了
中年生活总不免有一点难过
你该只抽一种牌子的香烟
但最好读几种不同装帧和语言的《圣经》
不要轻易抱怨时间
它残酷,但也公平:葡萄和木耳一起成熟
我已经没有什么可以给你的了
除了你嫌弃过的——几行诗

在我还很年轻的时候

在王维和夏目漱石之间,你比较倾向于,选择哪一个
你这样问过我
可我没有能力给出答案
我对自己了解得太少,物理也懂得不多,我常常陷入困惑
甚至——
嗅嗅香囊都会使人难过
那么,大和小,分别隐喻什么?
我想象过的雨
几乎都是从洼地向树梢滚落
肉眼又怎么可以判定对错
事实上,我已经很老了,在我还年轻的时候
我应该已经死去许多年,只剩下枯冢还在青草间顽强地活着
——在我还很年轻的时候

一只白瓷碟子

一只白瓷碟子,一只留有淡淡唇印的白瓷碟子终
于卸去
几个黑饺子施予它的力和阴影
安静地倚着桌面
像雨后沙滩,倦怠的女主人,以指尖抚弄过的
雪白的朵朵浪花

一只白瓷碟子,终于有时间回味
漫长的前世
泥胎淬火,在愈来愈精细的雕琢中,迎来新鲜的
肉身
甚至来不及展开对另一只碟子的想象

现在它只是一只静物,保留熟悉的气息,安静地
填充黄昏切割过的短暂空余
和它的女主人
在黑饺子遗留的力和阴影中下潜,过滤杂质,沉
淀成艺术品

而孤独是被碎瓷割伤的手指

一只白瓷碟子,终于在碎裂时,喊出了另一只的名字

一个人在梦里

一个人在梦里

孤零零地

看海,蔚蓝色镜面

投影仪一样

演绎即将画上

句号的

余生。一个人在梦里

孤零零地

读诗,珠颈斑鸠

要在雨中

飞过沙滩上的礁石

它受过伤了吗?

它的双翅

为什么只扑棱

三五次?

在梦境里,一个人

终于可以

摘掉性别标签

和镣铐

只为自己

放肆地

从头哭到尾

壁炉

你往炉膛里填劈好的木柴
它们带着
斧痕,虫洞,节疤
带着地下的腐湿
记忆,一寸寸被卷入火舌
你观察到的燃烧
总是这样
奋不顾身的女人
献出骨头,脾胃,和脏器
在干净的纯木地板上
把它们,急切地,慌乱地
交付给身边这个男人
器皿都是多余的
燃烧也不需要白兰地
隆冬总是有雪,侵入你的角落
你需要这只壁炉
而不是男人
给你一簇簇小火苗
陪着你,没日没夜地生活

生物钟

六点钟的时候
我醒来过
窗外响着汽车鸣笛
它们也许一直
跑在我心底,像闹钟
等待
六点钟,或者过几分
叫醒一个
沉睡在昨天的人
六点钟的时候
北京已经沸腾过了
我坐在落地玻璃窗前
抽一根红塔山
我的女人距离我很遥远
可能是在草原
也可能是
我钟情过的某处庄园
我们很久很久没有
通信

餐桌上的牛顿

他掏出怀表,脱掉长袖子的衬衣,他松了松裤腰带
他吃掉了三颗鸡蛋,五瓣橘子,还有半只羊腿和火鸡
苹果摆在果篮里
果篮摆在洁白的桌布上
现在,他准备起身,桌布上的骨头
和苹果已经没有那么重要了
可能就要八点钟了
云层就要盛不住雨水了
雨伞也没有那么重要
他穿好鞋子,他要穿过好几条街道,去见一个爱尔兰女人

北京夜雨

雨水从二十楼落到十楼的姿态轻盈极了
舒服得像终于摆脱肉身
只接受源自地心的神秘引力,只朝向未知,只完
成一次坠落的过程
在这之前,雨水已经论证过,一滴也有密集性
也能独立成束
在一条曲线上保持匀速,或者经由固定的点,砸
出各种形状
有时候是一匹受惊的儿马
有时候则是,一粒沙子
它无法激起你更多种想象
只是雨水,从二十楼到十楼,在北京,无声地坠落

一只无意义的碗或者杯子

一只碗，青瓷，白底，有淬火后的印痕，也可能是一只
空了很久的杯子，也可能，真相不止一个
就是这样，我被它困扰，折磨，迫切地想要揭开谜底
一只碗究竟还有没有新的意义？
直到破碎在某个瞬间发生
那些尖锐的、嗜血的、饥渴的碎碴
把它还原成青瓷，白底，有淬火后的印痕，也可能是
一只盛满我的懦弱和疑惑的杯子

第三辑 上湾笔记

符号关系学

顿号是逗号的邻居，归途遥远，总得有落脚处供人休憩
而它们间隔百十米
像茶舍，像客栈，也像撑起一方晴空的油纸伞
冒号和破折号——孤岛上亮着的灯塔，提醒我们正视
彼此相似的部分
或者是水流到此处愈见湍急，浪花裹进泥沙和木头
暗礁往往在这里出现：一个人心底，总有光照不透的角落
异数不过省略号，欲言又止，留空白给有心人填充
有心人是句号吗？
破坏和建构，虚无的宿命主义，甚至窄门

良夜

我想象过在这暮秋写几行景致给你
哪怕是路灯与信筒,没有人经过,它们依然保持独立
但更多的时候,我必须隐藏起有过的含义,如你所知
我面对的永远都是一所空房子
(告诉我存在的意义?)
我像是等待必经你手雕刻的石头
静静等待,削去这部分吧,顺便磨掉棱角
而你想要听到的那一句
就让它完整地,沉重地,压在我心底

一个人的叙事史

三十年犯罪
你且寄情山水
我独好声乐——
诛草木心,负渔樵趣

三十年忏悔
有时候我爱你
有时候
我爱飞鸟与太阳石

我常常想拥有这样一座教堂

我曾在北方某座城市中心见过这样一座教堂
那是入冬的第二个月
下着雪,偶有行人经过,教堂外围的松针都是银
白色
那是一座哥特式建筑,尖顶往上拱起,十字架像刀
从阴暗的天空插向封冻的大地
这使我产生错觉
救赎本身就是如此,新鲜的泥土
恰好遮掩住腐朽的气息
我已离开那座城市多年,写字,报道赛事
和我年轻的妻子(分离,相聚,也是独幕折子戏)
我想到过老去,依偎着壁炉,逗猫,等一场雪来
我们又重新相遇——我和我的妻子

关于孤独

三十岁以后,我才更理解孤独

是一章就要

读到结尾的沉船故事

主人公将永葆青春——

把奶制品、铅笔刀和草莓果重新归类

而大海上汹涌过的浪花

都将沉寂

像此刻,熟睡中的你

火车

你就是我看不到尽头的隧道

每当我颤抖着穿过

鸣笛如灯,点亮我生命中每一个长夜

上湾笔记

我这样理解关于一个地名的隐秘史

它有苍茫的一面：春分之后的黄沙总会漫过南坡坟地

也有悲悯的一面

接纳富贵，也不拒绝贫穷，它使乌鸦和喜鹊

同时在一棵白杨的最高处栖身

冬日雪后

我又一次面向它，交付我的卑怯

麻雀还在觅食，窑洞还在塌陷，枣枝一截截折去

我在嘶鸣的西北风里写下结尾

它是造物者赐给宿命主义者的精神胎记

小雪之后

我去过很多陌生的地方,但只来过这里一次,带着相机
向街道和行人致意
这是我的日常,记录发生过的,描摹想象中的
欢愉时光
而小雪可能只是某个节气
往前是一把秋菊,往后是暮冬,也可能是真的
大雪
我常常在记录中隐藏起愧疚
——为那些我没有勇气触及的真实

在东影南路意林店等一个女人

我也曾在乌兰察布东路等过一个短发女人
她喜欢步行，背双肩包，整日里沉迷冗长的推理剧情游戏
那时候我还喜欢朴树，以为爱上一个人，就得耗费一生
轻轻点着一把火
把骨头和脂肪投进火中燃烧，直到有一天，它们成为灰烬
她唱，雨水永不熄灭，雨水是没有光焰的火
但现在我已经不一样了
只选店里靠窗的角落，点大杯可乐，抽红塔山牌香烟
街道上依然安静
就要十点钟了，我邀请的客人，她还没有下车
我为她搬来一把木椅
我请服务生为墙壁挂上背景模糊的巨幅照片
多么孤独的时刻，远处有时钟响起，像雨滴落在草尖上
像她唱过的，雨水，永远都不会熄灭

诀别信

雪下得不算太深,这里的傍晚也不算太冷
我最后要写给你的——
这条街道和那排屋舍
在暮色中,像你要我听过的那段小提琴曲,拥有
令人心颤的空茫

锯木头的人

楼上新搬来的那户人家,男人是木匠,每晚都能听到
锯齿和刨子撕咬木头发出的吱吱刺刺声
声音有时候轻微、干脆,可能是在刨去木疤和毛刺
有时候沉闷
僵持中的木头和男人
似乎谁也没有把握给对手致命一击
男人揪出困缚在木头深处的魂魄,赋予它新的内容
一张床,一把椅子,一个被反复敲击的木鱼
木头也反噬男人
以斧刃,锯齿和刨子
一点点将男人的棱角打磨干净
给男人装上木头肢体和一颗
再也不会疼的木头心脏
听久了,我总觉得自己,也是一根木头
每当锯声响起,我身体里的木屑,就纷纷飘落
像故乡二月的雪

有寄

我希望我能够永远年轻,偏执,敏捷
像凌空扑雪的豹子
我希望你爱上我不是因为别的,只是因为
少女的心脏里住着樱桃和荔枝
即使盲目地,摒弃一切地,在夜色中
把我当成一个男人

葡萄和钻石

我常常想起七月的那个早晨,我下了火车,回到出租屋
坐在窗台上抽烟
我把一条腿伸在窗户外,晃动,我不需要谁提醒
这有多么危险
卧室里摆放着梳妆镜,我回过头来就能看到
镜子里的人影,瘦极了,鼻口和嘴唇之间
没有剃掉的胡须,硬而细密,像林间低矮的灌木丛
我爱着的女人也矮矮的
喜欢吃葡萄,喜欢把葡萄比作钻石,喜欢把钻石
比作两颗调皮的弹球
但那个早晨,以及现在,她都不在我身边
我只是一个人坐在窗台上抽烟
我也想起过别的女人——
毕晓普,这个洞悉人类孤独命运的女人,她乘坐
的绿皮火车
已经永远地抵达终点

我还得走很远，很久，和我矮矮的女人
剥开葡萄籽粒，寻找那枚钻石，也可能什么都不能得到
但必须得去寻找，或者停下来，被别人找到
剥去表层伪装物，露出骨头里的腐朽和肮脏。我们也会逝去
这是我们共同的归宿

梦境

我能感觉到这些小东西在一点点消失

也可能是永久的死亡

我能感觉到

客厅里的粗瓷花瓶，晾衣架，以及几枝插花

（它们也有名字

它们被养花人称呼为

小叶多枝尤加利，巴西叶和百合）

都在趋向枯萎

我没有力量阻止瓷器变得松软下来

尖锐的部分去了哪里？

位移一直存在，这里到那里，睡梦和现实

仿佛我的所有感觉都缺乏

鲜活的依据

我的小灰熊，我的着紫色金袍的大公鸡，我的签字笔

我像个女人一样唠叨

我是经典中木匠最小的儿子

兀自迷恋积木游戏

搭建起窝棚，修筑路基，也替它们把床单叠放整齐
但我只有一根枕木
它们就要塌下来了，我不知道该把它支向哪里

落日

在车窗边看到落日,想起你,还欠我一个拥抱
想起明天还会有新的憾事
原野辽阔,晚霞凄美,我该把怎样的惦念留给你
做你生活必需的光源和空气

在我们中间

打扫干净房间,留一扇窗牖,你说
在我们中间
总得有人先于静物接受
新年第一缕光芒眷顾
而我已经厌恶洗漱,或者想象中世纪的马车,载着我们
待售的山货一样
以物易物(我们各取所需),换取日用
和最后的棺木
我的味觉已经迟钝,我需要闭上眼睛
才能感受光穿透尘埃
光在房间里,在地板上融化,光是尘埃的一部分
——在我们中间(我常常这样安慰自己)
只有我相信自己的眼睛,是存世的神迹之一
能把脏器和经脉彻底点亮

蓝宝石之歌

我想送你一座永不沉没的岛屿

它源于语言的神奇魔方

矗立在地球某处——

在我们居住的房舍周围,有一大片湖泊,潋滟的波纹

推动着浑圆落日

我愿意包容,你学不会耕织,你总是笨拙地裁剪一小块雨披

你称呼我糟老头子,坏东西,咬手的虫子

你要我为你抖落

菊花瓣上的几滴露水

我们起居有时,早晨读三十页梭罗

或者太宰治,傍晚跑会儿步,做一刻钟健体操

有时候你煮些嫩玉米,在几棵切好的野菜里调入醋汁

你把它们分给距离我们最近的邻居

住在树洞里头的那窝斑鸠

它们叽叽喳喳叫着,你说,快来看哪

它们就是我们的孩子
而你还是早些年,我梦中的影子爱人,眼睛漂亮
极了
像湖心岛上藏了几个世纪的两颗蓝宝石

回溯

年轻的时候,我向往城市生活,喜欢人流密集的车站
那些竖排的蒙古字符,灯塔一样,指引人流游往
一座叫作呼和浩特的城市
这里不同于农村,这里有公园、咖啡厅、飞机场
新华书店、医院、艺术学校、汉朝女子的墓地
大昭寺、乌兰察布路、酒吧和穿短裙的少女
年轻意味着无限可能
遇见哪一个姑娘,她就是我唯一的妻子
我们可以接吻,在路灯下;可以脱掉鞋子跳舞
在路灯下。我们不必着急,抱着一摞书回家
在呼和浩特,我只读亨利·米勒和杜拉斯,我总是堕落
偶尔也会孤独,尤其是夜里,街道突然变得安静
我就想我乡下的旧房子
坐落在田野里,红砖垒起灶台,添置过衣柜和火炉
可能这样的生活未必使人满意

但我拥有更多书籍，梭罗，马尔克斯，米兰·昆德拉，路遥和陈忠实
我甚至可以整夜阅读太宰治
我想过在呼和浩特建造一座房子，借来斧头和锯子
伐倒几棵松木，雇佣工人从河滩上运来沙和石子
我还年轻，我可以支配时间，做些无用的事情
当我不再年轻——
或许我就会厌倦这样一种生活
回到倒墩子，做一枚寂静中枯萎的柳叶
我需要把她们一起搬回去
我的石头房子和年轻的汉族妻子

雪事

下雪的时候想起一个人

是件幸福的事情

想起一炉火

也是幸福的事情

想到那个人围着火炉读辛波斯卡

邻居家的懒猫

钻进屋里,窗外,雪越下越大

书籍某一页描了绣像

雪使村庄有了宁静之美

枯枝和瓦楞

在黄昏里肤如凝脂

那个人捎来口信是件幸福的事情

天黑透了,那个人

没有任何消息,也是幸福的事

贺兰山晨雾

那些精细的、粗犷的、柔韧的、松脆的,那些薄
薄覆在山巅上的云雾
紧贴朝霞一层层荡开
远远望过去,像健硕的雄狮,挣脱一道道铁索
像造物主给她的孩子,一个挨着一个,轻轻地披
好外衣

尾声

我遵从来自虚无的召唤,允许一个人睡在身边

但我们整夜没有爱情

我们闭上眼睛轻微呼吸,在年末的礼炮声中

试着做彼此小小的一块镜子和墓地

甚至没有墓碑,如果有谁留意阅读,窗外那些雪花

是我们想要传递的唯一消息

但现在,它们已经老朽,丧失触觉,但它们洞悉

一个人走入无垠雪原的孤独

(我的枕边人不在了

我就要接受审判,我的辩解缺乏有力佐证)

我愿意就此相信

我们迟早会重新认识卡尔维诺

以及其他人,哲学家和法官,在接近真相之前

我们将趁夜色掩护,往某个方向,穿过同一片森林

第四辑

那些被物主选中的人

札记

几个年轻人坐在满都海公园的草地上看鸽子扇动翅膀
扑棱棱地飞起
几个人交换彼此对古巴比伦空中花园存在与否的几种认识
其中的一个女孩,笑起来像波斯公主,她的眼睛里流淌着一条河
名字叫幼发拉底
另一个女孩,可能叫海蒂彻或者珊迪,别着一枚精致的蝶形发卡
她不太愿意相信战火曾经烧过这里
椰枣,蜂蜜和手风琴,还保留在储藏室
他们中那个矮个子男生
枕着右臂,吹口哨,把觅食的鸽子,从草地上惊起
历史充满巧合和奇迹,他说
满都海公园上空的红日,也会在幼发拉底河升起

诗人的王冠

现在,他睡在贺兰山脚下

偶尔有风吹过墓地

但大多数时候

他能够听到松针落地的声音

他已经拥有过荣誉和勋章

他已经把它们遗弃

现在,他睡在这里等

他知道会有一个女人

途经这片墓地

——朗诵着他年轻时写过的两行诗句

偶题

不要问对着黄狗吹笛子的那个人

孤独的颜色和滋味

它会像

阳光穿透玻璃一样穿透你

第四辑　那些被物主选中的人

关系问题

打开着的行李箱和一座陌生城市的教堂
有什么关系,和窗帘背后的星空,是否也存在某种联系
这是暂时困扰他睡眠的哲学问题
在秋天的葡萄园里
归置着菜篮子和木梯
他劝人们采撷情人的眼泪
保留籽粒,等待好天气,把它们撒向
湖泊和大地
后来有没有人关心这个问题
他说"我有一个切实的希望,有人会继续我的劳作"①
即使月台上已经空无一人
音乐依然会在列车上响起(它开往哪里?)

①:波兰诗人赫伯特诗句。

雨水有很多回落入你的眼睛里

和你换乘地铁,去南锣鼓巷听雨

雨幕如相机镜头

记录撑起的米黄色雨伞

几张旧报纸

杂货铺里,牛皮信封和羽毛笔

还有什么可遗憾的呢

雨水有很多回

穿过屋檐和墙壁,安静地,落入你的眼睛里

式微

听多了山风和松涛,就只想做个俗人,哪怕是在这尘世中
没有名字。走小路,折野花,穿老布鞋和浅色外衣
不往人多处去,但会想你,但会把一部典籍
误读成两个人的情史
偶尔忙些庄中农事
在庭前撒上紫花苜蓿,屋后种葵花,散养几只鸡雏和兔子
夜深的时候,你喊我也不答应,你说什么我也不听
难得如此消闲
即便明月皎洁如你,这一刻,我也不会允许它坏了当时兴致

在镇北堡

我的担心源自那些晚霞,它们继续往西燃烧,就要把人间

最后一座山峰化为灰烬,把靠山而居的牲畜、白杨、青草和人

卷入沉沉夜幕,点灯的人走了,再也没有谁为我们

打造一艘驶离漩涡的巨舰

甚至再也不能在进山路上找到一家酒肆

山风劲烈

我也不过是另一重剧幕的遗迹

但现在,我还热爱着,情愿被雕琢,被吞噬,在孤零零的山野

没有人告诉我时光运转需要遵守的法则和秩序

我想我再也醒不过来了,如果不是这穿透松涛的几声雀鸣

牵风引

我像牵一匹马一样，牵一些风声上山，牵着它们
从松林的低处往高处放牧
即使遇不到采药草和蘑菇的山民
我也不会孤独
被我牵动的风声，搬来沙尘、枯木和羊肝石
留下记号供我跟踪阅读
有人曾循着荒草深入云中，至今没有捎回任何
口信
但我牵着风声，在低处饮水，在高处放牧
我相信，没有一种落日，比我此刻感受到的
悬石中隐藏的深刻更孤独

绝句

从客厅到厨房,空间还是过于辽阔了,我希望它能
再小一些。像核桃,像坚果和豌豆
我们住在罅隙里,只占用小小的一角,等待造物者的拳头砸下来
——我愿意守着这方寸孤独,我愿意每一天,都腾出时间爱你一遍

想起一个喜欢登山的女人

有时候,我喜欢一个人,静静地坐在铁轨上看落日
可能也很想突然遇见你
但不会告诉你,我对什么暗中着迷
你傍晚从哪座山上回来?
庙宇和僧侣,头顶曾否飞过几只灰鸽子?
鞋底有没有沾到碎草和泥?
我也想过,和你一起做几件事,隐秘而含蓄
好像是爱情,又好像什么都不是

那些被物主选中的人

在地球的另一个角落

阿切人和布须曼人

穿过莽原,草丛,穿过狂风暴雨

步行十几英里

寻找那些愿意和他们交换

积攒起来的故事

和新闻的人

他们愿意花上几个小时

述说家长里短

可能这并没有什么意义

但他们依然热衷于

不知疲倦地

穿过莽原,草丛和狂风暴雨

暮春
——致林珊

你遇见的河流、空山、黄昏的雨

几棵竹子

紫荆和紫叶李

以你为轴心,构成一种秩序

有时候落日更圆满一些,有时候教堂更挺拔一些

而我在荒废的村庄里

只找到两株枣树,它们盘根错节,互为慰藉

——在午后一阵紧过一阵的西北风里

它们遵从于另一种力量安排

已做好准备,为暮春献出,最后的几缕生机

这往往意味着差异:我们在熟悉的人海中

孤舟一样寻找指引我们涅槃的灯塔

没有什么能够剥离这种相似

我们生活在园子里,劳作,奢望,和失去

梦境之一种

那里有巨大的树冠,交替着往碧空中生长,那是唯一的枢纽

连接这里和那里

现在和未来,你和我,万物和我

就是在那里,我借助枝叶,躲开一场谋杀

和我的女儿

我的姐妹,我的妻子

沿着虬枝爬向树冠顶端,降落,如新生

在肥沃的土地上耕作和生活

而爱情,不过是我早些年写信给你

——没有得到任何回应

但那的确是一些神奇的日子

流水中分别有七种琴音

我也爱过七个女人

为什么要从这里逃往那里?

想从过往的痕迹中找到线索并不容易

除非你先于我承认且接受我们中神秘的部分

是的,这可能只是一个梦境,它只负责呈现

我或者我们试图淡化的镜像
语言结构才是堡垒和迷宫
握有金黄色钥匙的人
还需要云梯
才有可能把生活和梦境析离

物哀辞

只有踏上旅途,才会又一次惊觉,我从没有远离
过生活
途中总有新鲜的人物
打理一畦萝卜地
在逼仄的过道里放置行李,搓烟卷,讲方言俚语
只有在这时候,我才会忘掉黄河上的落日,屋顶
上的炊烟
对缄默中的所有物件保持敬意
它们一再提醒我,生活本真的样子,接近诙谐荒
诞的野史
——甚至,悲从中来,我们不止一次在记忆里彻
底死去
但现在,我更信任大地写就的古老谶语
我们曾经在疤痕里耕作,我们毕生都在疤痕里
生活

供词

我乐于介绍给别人听的内容是
姓名、民族、籍贯和年龄
我也不避讳陌生人知晓我的求学经历
家族谱系,写过多少废弃的烂句子
它们是我割舍不掉的那部分
有些坚硬,如头盖骨;有些酥软,像心肺肝肠
但它们,肯定不是一个人能够,呈给众生评点的
全部内容
我还有偏头痛和颈椎病
——掌背覆盖着的掌心,掌背重叠着的掌心
往往在独处时,它们才如狂风搅动海水一般,掀
起惊涛骇浪

随想录之一种

阿勒泰公园里栽有冷杉、榆钱、刺槐、垂柳和迎客松
枝头上结满白色花瓣的只有几株桃与杏
像积雪,醉汉似的,在午后的春风里颤抖
生活中难免有沮丧的时刻
总有那么几回,像钢丝,像铁钳,不遗余力
紧紧地把我们的喉咙扼住

可能性问题
——兼致飞白、卫民二兄

我需要一些数理知识,需要掌握一些几何图形,
我需要从你那里
重新学习把无限归于一
我需要借助你的概念,赋予生活新的含义
如果你也吹过不息的风,请触摸它,请感知它蕴
藏的力量和温度
——这是线性语言,某年某地,某一种可能
正如你纠正过我的,必要不充分条件,我相信万
物都有独立的秉性
相互纠缠、妥协,难道不是寻求机会将肉身确立?
我们在此时名为飞白、周卫民、马泽平,在彼时
可能是
苦蒿、沙葱、蒺藜,或者别的微不足道的草茎和
枝丫
那些我们喜好的花朵,一生究竟要盛开几次?
是的,我写不好任何一个字,但仍醉心于那些典
籍记载的悲怆
但生活该以何种方式继续?如果没有诗,如果座

中高朋少了一个人

——这也是线性思维,语言可能是桎梏,引我们触及真相

某年某月某日,某地某某人,某一种可能

第四辑 那些被物主选中的人

读蒙古马记

容易记住的是色泽：青色、骝色、兔褐色
或者枣红、苍灰和银鬃
容易记住的还有产地，乌珠穆沁草原，乌审旗
如果阅读足够细致，还能记住一个民族马背上的
秘史
一部爱情、生存、抗争的征伐没落史
不容易记住的是它们咀嚼过的干草名字
它们和喂养自己的牧人妻子一生中经受过几次风
雪暴击
力量是看不见的，但骨头能够触摸和感受，沙场
上弥漫过的硝烟
遮挡不住，它们遗留在琴声中的英姿
——隔着纸背依旧摄人心魄的勃勃气息

过西拉沐沦河遭遇一匹蒙古马

你无法通过一条河侧面认识一匹马,甚至你无法借助
落在河面上的夕阳
描摹清楚一匹马的轮廓——
即使它不动,鬃毛也会在秋风里,随绵延的山脊线猎猎起伏
远离马群,半卧在衰草丛和白桦林构造的阴影里
你无法只凭借经验就揣摩到它的心思
——它已超越一匹马的形象,它是西拉沐沦河的一部分
它是苍茫群山的骨架,血管里依旧流动着箭镞酒囊和硝烟
如果它突然站立,把头昂向碧空嘶鸣,你一定得警惕
内心深处那炸雷般响亮的隆隆铁蹄

雪日归记

我有些日子没有听到清水河面冰雪解冻的声响了
它总是早于青草萌芽
吹响春回旱塬的古老序曲
它积攒够了整个冬天的力量
弯曲中向上,突破层层挤压,往云深处生长
它也是我听到过的,最动听的摇篮曲,那时候我
还年轻
我在二月和三月梦见它
召唤我剥开某个词组,重新回到我的母体
现在,我又回来了,带着羁旅城市独有的钢筋混
凝土气息
带着昨夜留在站台和铁轨上的雪花
学步的孩子一样,默念荷尔德林写下的诗句
它们可能沉淀了更久,百年时光,淘洗过多少魂
灵?
——我也是这其中一颗沙粒
淋过雨水,曝晒在盐碱地里,但还保留着
完整的生命体征。旱塬给予我的,我已经不能全

部还回去

现在,我想象自己,是流水线上的铁汁

接受模具塑型,去除杂质,借火淬炼

去除困扰我多时的恐惧

如果我是一把刀

允许我借助河流和语言的原始力量

锻造自己,打磨自己,凿穿这囚禁我们的坚冰

——我的确渴望过:散射出属于我的光芒

山居读王维有寄

你在十二月大雪中遇到并爱上的女人
就要在七月雨水中忘记
葡萄藤就要爬满走廊了,你们曾在靠山的庄园里
度过一整天
清晨的九种鸟鸣,傍晚还回荡在溪涧

你们是20世纪最后一封没有来得及寄出的信件
署完落款已经到了秋天
错过了信使,晚风轻拂人间还有什么意义?
你们虽然年轻,写有孤独味道的句子,但再也没
有可能相遇

一首悲伤的诗

雪是没有思想的颗粒,雪也没有情感,但雪落在
铁轨和站台上
但雪也孤独,愈来愈慢,如泣似诉

我就要离开我的女人,爱情使人难以掌握
像这不知所起的雪。我想不到办法,把它长久地
留在人间

阅读到这首诗的时候你会想到什么

一只紫砂壶的前世是泥胎

而一部电影的结局

是一个不再年轻的越狱犯

留给一个陌生女人的信物：一枚子弹

一沓纸币，一包玫瑰种子

这是我能提供给你的全部信息

你可能永远都不会想到，为了这一句

我删改过多少字

墙上的挂钟，时针又往前走了几格。窗外吹起风

——如果你能准确捕捉到它们的用意

我们名字的意义

我们中的一些人不在了,名字没变,活着的人在纸上读到他们

等于读一个黑色方框

质地坚硬,像小时候,母亲在黄瓜地里围起的

一小段篱笆墙。藤蔓够不着果树,鸡崽也咬不到瓜秧

但现在,我们讨论名字,命名或者被命名

A 和 B,是不是意味着

某种思绪被唤起,某种情感又得以延续

(遵从我们喜欢的方式)

我们请其中的几个名字上座

在对话中抽丝剥茧,破译语言密码

寻找到我们需要的信息

我们尝试改动一个字,玩戏文里的变脸游戏,现在,A 就是 B

但气息才是不可颠覆的证据

新人和旧物,矢量与变量,意义在于唯一?

让我们再回到关于名字的话题

唤起即确认。我们唤起某个人的名字，其实是确
认一种人格
哪怕它现在被框入黑色方框
但对话一直都在发生——它依然保持着独立的
姿势

三月读信

她在信札中记录盖廷斯的雨水和黄昏
她写修女在青石上捣洗衣袍
她的情人是枚小小的苍耳,借助她的子宫,绒刺
又硬了一些
火车晚点了

神要她穿过这样一条小径
两边有绵延的葡萄园,麻雀啄食果子,守园人已经休息
她遇见的最后一个人
喜欢年轻的女子,嘴唇微微颤动着,写过两行诗

如果落在葡萄藤上的雨滴不能够抚慰她胸口的
创伤
那么重新热爱吧,热爱可以

物格

那个远在北美的诗人曾说道:
对于一个想要写出好诗的人来说,没有一种诗是自由的[1]
这可能是最朴素的辩证,我们携带斧头和尺子钻入石头里
向将要碾成粉末状的石头索要自己
手脚丢给了兄弟,心脏赠予年轻的情人,可能只剩下些腐烂的皮肤
见证一句荒谬的言语
再一次从忽略掉性别的废墟中站立
——自由意味着什么?
我们需要绳索,牵引我们远离,餐桌和床榻
我曾设想过人们先我而去
只留下巨大的空盒子,找不到灯,墙壁上还附着谁残余的叹息
我们像是群居的孤儿,缺乏彼此沟通的依据
然后才有大省悟,才能意识到语言也有齿轮一样的本质

啮合和分离,各安规矩,但命名永远是头一道工序
可能安慰依然存在
情人会告诉你:回来,在耻骨之间,才是你最后的墓地

①:诗人艾略特语。

一个人

一个人想把客厅里的灰尘写进诗里
把那些细微的尘埃,想象成迁移到方舟里,避难的男人和女人
二月结束了,惊蛰又至
一个人拾起抹布却无力收拾残局
阳光明媚极了
但还嗅不到多少春天的味道
桌椅需要擦,厨房里的污垢需要洗涤,堆放在角落处的书籍
也得清理。一个人只有两只手,一颗心脏
每一粒灰尘都记录着往事
一个人究竟得多坚强,才能够把它们,记录为晚风拂过松林
松涛搅起阵阵涟漪
在我们劳作觅食的园子里——
一个人脱掉围裙,点亮灯盏,祈祷着
走向用旧了的木楼梯

白房子，黄房子

嗨，马可先生，请先换好拖鞋
请记得随手关好门
在卧室和客厅之间，我已为你腾出了一小块空地
可以用来摆放写字桌，电脑，椅子，和盆栽
（如果你喜欢的话）
窗帘是新换的，便于你随时眺望远处，这城市热
闹极了
除了该死的病毒
穿过客厅就是卫生间和厨房
遗憾的是没有梳妆台
但有落地镜，听说你还没有夫人？
房子有些旧，不过也没关系，你瞧
乳白色墙体，淡黄色木质家具，显得干净、整洁
楼上住着音乐家
夏夜里，推开窗户，你就能够听到流水一样的钢
琴曲
日子过得慢些也好
书上说，总有一天，我们都得搬进墓地

但那还很遥远,你说呢,马可先生,现在

才刚刚进入庚子年春天

尽管这不太美妙,先生,我是说该死的病毒

这里有厨具,这里是洗手池,这里可以晾晒袜子

和内衣

但我得提醒你,先生,为了你的健康,你最好

收好戴过的每一只口罩

最后,祝你好运,无论如何都要保持希望

天总会放晴的,"此刻也会成为过去。"

一个诗人的墓志铭

这个人渴求过生活和书籍给出答案
——关于艺术、真相,和我们(你们)的歇斯底里
但现在,答案已经不重要了
这里栽了几棵矮松
围起一小块独立墓地
这个人一生中最重要的著述是他向自己发出的质
疑。像孤叶在秋风中回旋
这个人需要几斤牛肉,香烟和画册,一个着旗袍
的女人

在二月

我甚至有些怀疑存在的真实性,恐惧,雨水和墓地
那么多人沉默着站在窗前
甚至有几回,我已经分辨不清,白天和黑夜
街道仿若进入了永恒轮回——安静极了
在二月,巨大的白色旅馆,我预见了自己的晚年生活
磨损过我们的厄难已经停止
向日葵再一次以花盘迎向阳光,籽粒饱满,像生育过的女人
我的阅读才刚刚开始
我将拥有静止的小木桌,玻璃球在桌面上快速旋转着
阀门就这样被拧开了
我的生命之舟也刚刚扬起风帆,往深海里驶去
碾过浪花和漩涡
我再次遇见他们
在二月的窗前。那些恐惧过雨水和墓地的人
还幸福地活着

清单

白米五斤,鸡蛋二十四个,大葱三根,小尖椒若干

蘑菇七八片,土豆和番茄四五个,面条另计,油盐酱醋若干

云烟半条,纯净水一桶,垃圾袋两卷,纸巾和口罩若干

香皂已售空,洗手液暂无,忘记购买物件若干

这是庚子年立春后的某天,我还在,并仍然相信

总有一列火车,载我们回返,烟火明灭的人间

写给一个好人的悼念词

你点亮一根蜡烛,接着点下一根,直到烛光像星辰

你擎起这微弱的光束,等我们凑近,照亮我们心底的每一寸褶皱和阴影

我们没有墓地,我们中的部分还活着,植物一样地呼吸

那时

我最富有的时刻是十八岁一个雪天的午后
天刚放晴,校园里感觉不到冷,我们走过几棵
结满雪花的松树,你突然停了下来,捡起枯枝
写字
你写每只孤舟都是一座岛屿
帆影和白云,永不疲倦,在我们中间
传递河水解冻的消息
我仿佛已经嗅到新叶繁茂,我们闭上眼睛,聆听
这短暂的静谧
我就要忘掉一切了
但必须得承认,我发现了矿藏,你有皎洁的眸光
每一缕都是我们派往春天的信使

午后

阿尔泰公园的秋日比夏日辽阔

白杨和老槐树已抖落了繁叶

空余的部分

已填充上石雀

金斑鸻、角百灵的脆鸣

坐在凉亭里的蒙古族老人

屏息倾听——

胡琴正从草原腹地

搬运来额济纳河雪白的浪花

与浪花一起涌动的

还有猎猎马鬃

阿尔泰公园

秋日午后多么辽阔

总能听到几声沾着泥土腥味的乳名

一个男人的日常琐事

必须得把它们按照次序记录下来

先是得到一套纪念邮票

然后是偶然读到阿特伍德

天晴了,房间里头

烤烟的味道散了一些

再早一些,我们刚刚吵过架

难道不觉得奇怪?

和解并不是生活的全部内容

再晚一些时候

这里就要天黑,我已离开,我能填充的只有这么多

小屋里的灯火依然为我亮着

你应该回来,和我

一起打破原有的均势

弄出一些响动

剃须刀该清理了,吊兰也需要浇水

你可能得接受这样的事实

亲爱的，搁置这些争执

余生够久，足够我们重新认识，彼此和自己

灼华诗丛／上湾笔记

二十年以后我们再来北京看雪

二十年以后,我们再来北京看雪,隔着窗玻璃
看轻薄的雪花落在阳台上
现在没有看懂的,天命之年,就该琢磨透了
——如果你突然转身,看见比现在更瘦的我,正
点燃第三根
香烟。二十年时光,在我们的感慨中悄然而逝
究竟什么才值得我们歌颂?
我们坐过的火车,我们初遇的白桦林,我们……
想象现在的雪花点亮那时的路灯
有些场景将永远都不会发生变化
——如果你突然转身,抚摸我前额上细碎的皱纹
我的爱人
我还是能听到簌簌簌落在你心底的雪花和松针
我想听到你说
二十年了(一代人没落,一代人出生)
寒枝依旧,雪从黄昏下到三更,北京还是北京

赞歌

应该赞美一只虎,穿透猎物皮肉的剑齿和爪牙
丛林恩赐给它野蛮的力量
(野蛮是文明的本质,文明是野蛮的外衣)
制定法则,威慑狂悖,使兽与禽依秩序而生
应该有这样一种理想
长成它皮毛或者骨头的一部分
或者融入血液和脑汁
参与思维,热烈地涌动,做裁决善恶的法庭
神已经替众生保留火种
使我们开眼,知羞耻,表达内心的恐惧
我们必须得重新理解担当
它的含义是——
即使禽兽,也总有那么一刻,抖擞精神
弥补神在人间短暂的缺失

雨中再访栖霞山

红叶还是十余种：枫香树是一种，榉树是一种
黄连木、乌桕和鸡爪槭也是其中几种
雨水不算太多，像佛手，轻轻拭去红叶上
那些积年累月的灰尘
到过这里的人，有一部分，已经永远不会再来
或许只能留下遗憾：昨日见到的与今时不同
但有一部分，还会再来，总有旧物值得惦念
一株箭叶秋葵，一棵蜈蚣草，或是雨中
与你擦肩又回头的那个人
在山中，时间也会静止，供人冥想
追忆与记录。消逝的已经消逝，存在即佐证
我们经历过的——历久弥新

每一次日落都值得我们记录

我们的爱情不在床上,即使在,也是在床头而不是床尾

一个人酒后醒来,另一个人吸烟,准备把琐事带入梦里

我们的话题也不仅限于爱情

小镇上的日落,往往在午后五点钟发生

就如同现在,我们需要关灯,才有机会感知

保留在彼此记忆里的温度

我们,他们,你们——时间长河里就要毁灭的泡沫

我们学到过什么?除了哭泣,除了使人哭泣

我们想象过写到别处的地名,并相信,有人替我们

在阿鲁科尔沁旗或者阿敦塔拉生活或者死亡

我甚至已经觉察不到悲伤

这比一个人上山,遭遇落日中的马群,更使人绝望

"而快乐和忧伤时我创造你们"①

我在夜里读过的句子有很多,要命的只这一句
如果你正好读到,你也与帆船和大海一样,供我想象
剔除情色,剔除使人发颤的恐惧,我和你
也曾在废弃的工厂里相遇
我更敏感一些:我知道我的无能为力,我也知道你的
但我依然着迷于现在(细节正在发生)
困兽就要完成仪式,以血向黑暗献祭,甚至可以理解成
空调被束缚在墙体里的哀鸣
我已经褪去肉身,并将在下一个路口,放弃与人同行
我理解喧嚣的苦楚,也理解孤独的苦楚,我并不比你快乐
但我着迷于这样的游戏
写到星期日,鸽子就飞回来了
不必担心我的过去,我的现在,我的未来

我正在被我创造过的奴役

① 卡瓦菲斯诗句。

我为什么不想死了

想到那么多人围过来讨论死因和人品
想到评价可能是糟糕透了
想到写过的几本集子
被摆上木质和金属质书架，但蒙受一样灰尘，主人依然在
犹豫着该不该掉几滴眼泪的人群里
添枝、加叶，讲述我已不能站出来对证真假的故事
想到你，我爱过的女人，终于得到消息
甚至没有多余的表情
只是借口胃疼，钻入他的怀抱，寻求慰藉
想到太阳并不会因此而西升东落
很突然地，我就不想死了

第五辑

独白或者其他

暮冬

与你正在，以及并将要度过的每一天比较
阿敦塔拉燃烧着的晨曦过于短暂，甚至，时间不够
使你从灰烬联想到雪
不够你用来扫除这些年珍藏的阴霾：裸身少女以
及战争
尤其是当你突然从噩梦中醒来
垫在脑袋下的右膊已经麻木
从灰烬中站起来，找到你
讨债或者索命
一切都发生得毫无征兆
你没有能力使它们
成为下一个判断的依据
时间与死亡，枯叶与蝴蝶，音乐和你
似乎一切存在都能够预知到结局
你不能创造理性，你也不能消灭，你只能命名它为
字母 Q 和 J。这听起来像冷笑话，但又真实——
你对一切发生，都显得措手不及

什么都不新鲜了

他曾痴迷于夜半听雨

雨打湿芭蕉叶,浇透瓦楞草,撩动窗玻璃

听一回,心头就多一番滋味

仿佛雨才是抚慰人世诸般凄苦的良药

服一剂止疼,再服一剂化瘀,常服则清源去根

他忘了古训:是药即有三分毒

他不断地听雨,也不断地把雨讲给三两个友人听

直到中年,直到这个十月,直到他惊觉体内

涌出的雨水已淹过脖颈

耳壁内生了青藓,舌苔上有了污锈

眼球里翻滚着响声震彻天际的泥石流

他病倒了,发烧,冒虚汗,干呕

他觉得雨水就要淘空自己

他昏迷了三日

"什么都不新鲜了。"现在,他像断了母乳的孩子

重新识记万物名字

这棵是红葱,那棵是白杨,垂着脑袋的是熟透的

谷子

是的，不新鲜了

雪终会落下来的，夕阳也会再次从东方升起

它们无药可医，它们也分生死

独白或者其他

你之后我不想再遇见什么人了
遇见谁也没有用
只愿意把感动过我的故事再讲一遍
给你听。栀子花落了,白桦林下雪了,火车开往
南京了
可能这就是最美好的爱情
两个受够清苦的人
早晨醒来,发现再也没有什么,值得我们去恨

鱼肚白

早些时候（现在近黎明，薄薄的曦光就要染白天际）
我在一张人体画中嗅到孤独的味道
她侧身，几绺发梢恰好遮住眼睛，她紧贴
浅灰色的光滑的墙壁
衣物已经褪去一半，另一部分给了阴影，或许真理就是如此
使人向往的也可能使人恐惧
而她张开臂膀——
向着光，飞翔，多么明净的姿势
我已经不去凝视画面了
闭上眼睛，她还在心底，像一枚小小的十字架

大雪日想起一棵白杨

它经历过人世漫长的雪季

它把虬枝捧向苍天

像老电影中

策马悲歌的土尔扈特人

穿过清澈的河流

迎着风,旗帜一样

矗立在夕阳网织成的

阴影中

相对论

——给普拉斯

暂时是美好的,或许以后,世界还会拥有哲学意义上的美丽

我们还这样年轻

有自己的神祇,指引我们相遇

如果多年以后

花园已落满雪,对于死亡,我想我们都将无能为力

傍晚的西拉沐沦河

她娇柔婀娜的身姿,哈达一样随风舞动,穿过峡谷
紧紧拽住往草原深处滑跌的情郎
——那轮浑圆落日
她只备了一副衷肠,纵然百转千回,养育草场
白桦林和马群
但肝肺上只写一个名字
隔着车窗,她静静流淌,她使人相信
这秋风瑟瑟的辽阔戈壁
即使渺无人烟
异乡人心头,也总会有,两轮明月升起

我还拥有什么

卧室属于别人，客厅属于别人，衣柜和沙发也是
但茶几上的布考斯基和毛姆是我的私人财产
一条毛毯，几本书，以及洗漱用具
除此之外，我还拥有什么？
爱过的姑娘已是别人的妻子
雪后艳阳不会只照耀我一个
怯懦也得与众人分享
金灿灿的诗句，总有人，先于我找到并署名
好在我还有骤雨般的坏脾气
它是我面对孤独，可动用的，唯一秘密武器

在山脚下

贺兰山上有青色的小石头

有矮而结实的松木

也有洁白的云朵,飘过来,飘过去

我就住在山脚下

但只是远远地看看

那些小石头,松木和白云

像是赶路的僧侣,农夫和待嫁的姑娘

我不知道他们要去往哪里

我只知道,好多次了,他们没有一个

肯停下来,哪怕是,敲敲我的门

当我想你的时候

天气晴朗的时候,我喜欢坐在公园里,那条长长的
木椅子上。读几则旧消息,抽三根烟,偶尔也采摘
几串木樨。闲散使人慵倦
我已无暇念及缓缓流动的溪水和浮萍
"我已热爱过暮色苍茫的人间"
我已经在昨日清晨的露水和鸟鸣中找到答案
但归途使人疲惫
那么多的斧头,乐器,并不是每一回
都遵守物理。一种空茫覆盖着另一种,而我只能
排斥你
以维特根斯坦式的曲折隐喻
我也拥有过爱情,细腻,具体,干净得像裸体少女
——如果你也突然懂得木樨
我已经在这里挥霍过无数个午后
我最后钟爱的是,这条长长的,藤木椅子

雨中

你送走珍爱的那个
女人。返程
换乘两次地铁
淋着细雨
穿过东直门
途经西局
去往宛平故城
北京的街头
开满细碎牵牛花
像你琢磨过的
那些小喇叭
到了黄昏
那些被我们忽略过的
城市细节
此刻,一帧帧
在空旷的背景中
瞳孔一样
一点点放大

逐日

河流编织成的裙子究竟能藏起来些什么？
男人们背上粮食和罗盘
想要在草原深处求索答案
——啊，灯塔，只有你能够指引我回归故乡

北京时间

需要一分钟穿好

鞋和裤子

需要十分钟

洗漱

需要半小时走过晓月中路

（走过去，再走回来）

需要干活，吃饭，睡觉

周卫民的北京

空荡荡的

栽着几棵泡桐和银杏

只有傍晚是

属于我一个人的

两个钟头

刚好用来计算

一个人

就要在秋天里度过的余生

夜色中的河流

你沿着河岸散步,牵着一条狗,你和狗
一起凝望,一起倾听
每一盏灯火都是你赠予人间的眼睛
而流水涌动——
狗只是陪衬和点缀
河面之上,翻卷起雪涛,是独属于你的
暗礁之下,埋葬掉的沉舟和信物,也是独属于
你的

葡萄园

我的兄弟姐妹们在这里出生,在这里
把各自手中的生活
磨成丝线穿过小小的针孔
有时候也修桥,补路,添些灯油
——总得留一面镜子
通往墓地

我们以什么救赎戴罪之身?
在五月栽种新葡萄
为九月来临,分食果粒,一代接一代地
受苦。但我们心存感激
在抵达那里之前——
"任何人的死亡都将使我受到损失"

只有大海值得我们想象

那时候我们还生活在乡下
常常望着星空想象大海
到底有几种脾气
那时候，雨季总是漫长，墙角布满了
青苔。我吹口哨给你听
我们有许多个夏夜
把羊群赶上寂静的山岗
林子里有布谷和麻雀
啼声清越而灵透
多么好的时光，年轻的人，脱去花格子衣裳
似乎没有什么值得我们悲伤
——每当星垂阔野
万籁噤声
大海就是我们唯一的想象

寄友

我到黄河边上的时候

几只雨燕已经

贴着水面飞远了

乱石和泥沙不规则地

散落在两岸

你还远在京城

我没有别的办法

我只好

伸出手去

先替你挽住河面上

那轮

浑圆的落日

你应该思考的几个问题

你在晨光中穿起的衣服

睡觉前会先脱掉

哪一件？轻薄的，棉质的

究竟哪一件，有故事，值得你追悔和珍惜？

现在站在镜子前的这个中年男人

还是不是你年轻时想要成为的那一个

你有多久没有完成一次

深入的交谈

又有几次把夜幕中燃烧的纸烟

想象成星星明灭，其实，你渴望过的

那一颗

永远都不必担心被流弹击落

雨后

雨下到这里就止住了,雨把全世界的潮湿,给了
河流
现在,只有我们对坐
像两根朽坏的木偶
昨天夜里一定还发生过什么
打开的地图册挪过位置
我注意到
你的小腹上还藏着
没有来得及蒸发掉的,雨水
你是我爱过
唯一戴眼镜的女子
在苏格拉底古老的箴言里
我第一回因你而诵读哲学和诗句
我的确想象过你
高高的山脊线,铺满金黄的白桦叶子
多么使人怀念
——你锁骨上还残留着我深深的痕迹

馕的哲学

我坐在十楼落地玻璃窗户前

啃半块干馕,它使人想起

那些还没有形成雕像的石头

需要一个人,一把手锤,钢钎和凿

甚至需要清水

帮助柔软的事物显出痕迹

但现在,它们拥有另外的名字

和命运——等待牙齿

即使没有热水

也会在力的相互撕扯中还原

回到生命初始的状态

像种子,也像婴儿,等待阳光和雨露

把内里温暖的部分唤醒

咏叹调

花开百姿千态,馥郁与隽秀不同
人世有至苦,我爱你是其中一种

暮色中的花园
——致博尔赫斯

请每个读到此处的人
相信它的真实
这存在于昆明，存在于侔家湾路的阔叶林地
正好也在昨夜下过一场雨
松柏打开了全部脉络
甚至，我们不必纠结看到的每一棵花草
拥有什么样的名字
它们的存在，就是奇迹本身
历经轮回而默默生活
它们并不曾祈求，阅读者给予勋章
那是相当久远的时候了
我坐在枝叶遮住日光，产生的阴影里
想一个人的一生
失去爱情，也就等于失明
我的渴望也曾全部打开
指向天空和大海
而现在，我拥有这样一座花园
滞后于一部分人阅读

但先于一部分人得到

——即使我选择虚构

我也将永远地拥有光明和你

仿佩索阿写给丽迪娅

所以我常常拥有两种错觉

门会在夜里

被谁轻轻推开

书柜也不会像现在这样

蒙上厚厚一层灰尘

当我在九月想起你,抱歉

我也只能在九月想起

在九月,我将拥有一条完整的大河

它从不带走旧的欢乐

也不制造新的悲伤

在希拉穆仁镇

爱一个人,就带她去草原

捕葳蕤草木间的

几只蝴蝶

草原上有一种奇迹是

红日朗照人间

同时,瓢泼的暴雨

像是牧羊汉子

澎湃在马背上的孤独

草原上只有一种悲伤

两个远道而来的人

挽不住这轮落日

金黄色独属于它,盛大独属于它

如果有赞美

一定也是:草原是落日最后的归宿

在姚家滩头与诸友从导师游竹林

高士不姓高,姓汤,临竹而立,时有写虎之心
也以指断碑,不群不党。他知道,这世上已没有
风浪,能惊扰庙里的和尚

闲适的那个人,如竹,节节错落,别生逸趣
他洞悉秒针对于时间的无能为力。他是暗夜里那
截透出光亮的楼梯

先发先至,后发也先至,着黑衣的未必不是儒家
何须多言?
其人其事见于丹青,见于云泥,见于一只蝶月下
独舞的影子

诸友生百态,或半卧于草木,或挽手而立。破土
的竹笋,已撑开叶枝

即景

秋风拾起的每一叶书信

都折有你阅读过的

痕迹

仿佛你还坐在木椅上

笔尖就要画出淡淡兰花气息

你阅读过的不止一头豹子

而你爱过的

肯定不止一位少女

你想象中的秋雨

整夜不息

秋风就要穿过庭院

你可否记得每一株野草的名字

关于月光投进葡萄园里

原谅我

过去这么多年了

我已经想不起令人心颤的细节

喻一种美的解构式

只有在故乡这绵延的深山里

美的哲学才具有实际意义

它是一株狗尾巴

和一坡荞麦的短暂对峙

是青草,糜子,沙葱,柠条,马兰花

沿着起伏的山脊线错落和交替

它是沟壑间偶尔蹿出的两三声雀鸣

来不及翻译成乡音

就已隐入斑斑点点的羊群

只有在暮秋

在黄昏,山中村落升起炊烟

这游子啊,满身尘屑

才不至于掩盖残存在骨血里的朴实

它们根植旱塬

每一叶脉络,都是故土递给这辽阔国度的——

身份信息

关于一株黍的地理图册

坐在北京金黄色的秋日黄昏里

我又一次想到

晚风吹拂中的那株黍

它纤细,但结饱满的籽粒

它在荒芜的时间中

旅行。像个孤儿

固执地守护

已被山民遗弃的辽阔疆域

河流和星辰

还在它的骨髓中流动

它把毕生奉献给

大地,只为呈现刹那间的美丽——

为那些

在葡萄园里生活的孩子

另一种阐释

你心中是否也曾升起过这样一轮月亮

在希拉穆仁镇

它残缺的一角像你年轻时候

折过的那只纸飞机

带着淡淡的忧伤,带着孩子气,在邻居家的

烟囱上空飞

它的光芒并不笼罩城市花园

也巧妙地避开地铁和码头

把清辉均匀地洒在秋天的原野上

老鼠和猫头鹰同时起立

敬礼。然后祭出牙齿

啃掉你年轻时琢磨过的一角

恰当的比喻只有一句

它像你后来在北京维持生活的烤馕

镶着一些芝麻粒

当时正缓缓从母亲的锅底升起

庄中听《故园旧梦》

夜来细雨靡靡，也是一支曲子，拨弄起瓦楞，低沉、哀婉，像是池畔独居的人，箫声未罢，埙音渺渺。

像是造物者借了每件造化，倾诉衷肠，这雨愈见清越，点滴将至天明。而他还在追究，故园春已深，几处蝶舞，几处桃红？

可能是别绪渐浓，可能是今朝落红覆着去岁枯枝残根，埙箫合处，便只闻淅沥雨声。时而穿墙远去，难见旧时踪影，时而荡舟归来，那边青丝依稀。

可能就这一回了，曲借雨势，雨助曲形，环环如玉钮暗扣，缕缕似金线弥合。泣也好，怨也罢，所念人居何处？想来冬雪定紧过今宵春雨，何不邀吹箫人，把酒与君共住？

春日山居图

在几株垂柳掩隐的池塘和庭院之间,早晨的雀鸣是新鲜的,点滴唧啾声,缀连成一涧清泉,沁入脾肺,缓缓在心间流淌。

间有芍药数丛,枝叶舒展,裹着些许待开的花蕾,圆润、饱满,闺阁女子般掩面而卧。青草疏而浅淡,没入小畦韭菜与红葱中间,假假真真,怎肯轻易亮出颜色?

此中颇见真趣,只是还缺一个人,拾拣枯枝,轻拭浮尘,喂鸡、喂狗,闲来抚笛,或约三两友人品茗对弈。

还缺一芍药般女子,你替她以胭脂妆面,在柳荫下拢束青丝,听她古筝琴音幽静而远,散落入黄昏。人间诸事,何如在雨夜,轻唤她一声娘子。